DIE GÖTTER IM EXIL

HEINRICH HEINE

Die Götter im Exil

Schon in meinen frühesten Schriften besprach ich die Idee, welcher die nachfolgenden Mitteilungen entsprossen. Ich rede nämlich hier wieder von der Umwandlung in Dämonen, welche die griechisch-römischen Gottheiten erlitten haben, als das Christentum zur Oberherrschaft in der Welt gelangte. Der Volksglaube schrieb jenen Göttern jetzt eine zwar wirkliche, aber vermaledeite Existenz zu, in dieser Ansicht ganz übereinstimmend mit der Lehre der Kirche. Letztere erklärte die alten Götter keineswegs, wie es die Philosophen getan, für Schimären, für Ausgeburten des Lugs und des Irrtums, sondern sie hielt sie vielmehr für böse Geister, welche durch den Sieg Christi vom Lichtgipfel ihrer Macht gestürzt, jetzt auf Erden, im Dunkel alter Tempeltrümmer oder Zauberwälder, ihr Wesen trieben und die schwachen Christenmenschen, die sich hierhin verirrt, durch ihre verführerischen Teufelskünste, durch Wollust und Schönheit, besonders durch Tänze und Gesang, zum Abfall verlockten. Alles was auf dieses Thema Bezug hat, die Umgestaltung der alten Naturkulte in Satansdienst und des heidnischen Priestertums in Hexerei, diese Verteuflung der Götter, habe ich sowohl im zweiten wie im dritten Teile des »Salon« unumwunden besprochen, und ich glaube mich jetzt um so mehr jeder weitern Besprechung überheben zu können, da seitdem viele andre Schriftsteller, sowohl der Spur meiner Andeutungen folgend, als auch angeregt durch die Winke, welche ich über die Wichtigkeit des Gegenstandes erteilt, jenes Thema viel weitläufiger, umfassender und gründlicher als ich behandelt haben. Wenn sie bei dieser Gelegenheit nicht den Namen des Autors erwähnt, der sich das Verdienst der Initiative erworben, so war dieses gewiß eine Vergeßlichkeit von geringem Belange. Ich selbst will einen solchen Anspruch nicht sehr hoch anschlagen. In der Tat, es ist wahr, das Thema, das ich aufs Tapet brachte, war keine Neuigkeit; aber es hat mit solchem Vulgarisieren alter Ideen immer dieselbe Bewandtnis, wie mit dem Ei des Kolumbus. Jeder hat die Sache gewußt, aber keiner hat sie gesagt. Ja, was ich sagte, war keine Novität, und befand sich längst gedruckt in den ehrwürdigen Folianten und Quartanten der Kompilatoren und Antiquare, in diesen Katakomben der Gelehrsamkeit, wo zuweilen mit einer grauenhaften Symmetrie, die noch weit schrecklicher ist als wüste Willkür, die heterogensten Gedankenknochen aufgeschichtet – Auch gestehe ich, daß ebenfalls moderne Gelehrte das erwähnte Thema behandelt; aber sie haben es sozusagen eingesargt in die hölzernen Mumienkasten ihrer konfusen und abstrakten Wissenschaftssprache, die das große Publikum nicht entziffern kann und für ägyptische Hieroglyphen halten dürfte. Aus solchen Grüften und Beinhäusern habe ich den Gedanken wieder zum wirklichen Leben heraufbeschworen, durch die Zaubermacht des allgemein verständlichen Wortes, durch die Schwarzkunst eines gesunden, klaren, volkstümlichen Stiles!

Doch ich kehre zurück zu meinem Thema, dessen Grundidee, wie oben angedeutet, hier nicht weiter erörtert werden soll. Nur mit wenigen Worten will ich den Leser darauf aufmerksam machen, wie die armen alten Götter, von welchen oben die Rede, zur Zeit des definitiven Sieges des Christentums, also im dritten Jahrhundert, in Verlegenheiten gerieten, die mit älteren traurigen Zuständen ihres Götterlebens die größte Analogie boten. Sie befanden sich nämlich jetzt in dieselben betrübsamen Notwendigkeiten versetzt, worin sie sich schon weiland befanden, in jener uralten Zeit, in jener revolutionären Epoche, als die Titanen aus dem Gewahrsam des Orkus heraufbrachen und, den Pelion auf den Ossa türmend, den Olymp erkletterten. Sie mußten damals schmählich flüchten, die armen Götter, und unter allerlei Vermummungen verbargen sie sich bei uns auf Erden. Die meisten begaben sich nach Ägypten, wo sie zu größerer Sicherheit Tiergestalt annahmen, wie männiglich bekannt.

In derselben Weise mußten die armen Heidengötter wieder die Flucht ergreifen und unter allerlei Vermummungen in abgelegenen Verstecken ein Unterkommen suchen, als der wahre Herr der Welt sein Kreuzbanner auf die Himmelsburg pflanzte, und die ikonoklastischen Zeloten, die schwarze Bande der Mönche, alle Tempel brachen und die verjagten Götter mit Feuer und Fluch verfolgten. Viele dieser armen Emigranten, die ganz ohne Obdach und Ambrosia waren, mußten jetzt zu einem bürgerlichen Handwerke greifen, um wenigstens das liebe Brot zu erwerben. Unter solchen Umständen mußte mancher, dessen heilige Haine konfisziert waren, bei uns in Deutschland als Holzhacker taglöhnern und Bier trinken statt Nektar. Apollo scheint sich in dieser Not dazu bequemt zu haben, bei Viehzüchtern Dienste zu nehmen, und wie er einst die Kühe des Admetos weidete, so lebte er jetzt als Hirt in Niederösterreich, wo er aber, verdächtig geworden durch sein schönes Singen, von einem gelehrten Mönch als ein alter zäuberischer Heidengott erkannt, den geistlichen Gerichten überliefert wurde. Auf der Folter gestand er, daß er der Gott Apollo sei. Vor seiner Hinrichtung bat er auch, man möchte ihm nur noch einmal erlauben, auf der Zither zu spielen und ein Lied zu singen. Er spielte aber so herzrührend und sang so bezaubernd, und war dabei so schön von Angesicht und Leibesgestalt, daß alle Frauen weinten, ja viele durch solche Rührung später erkrankten. Nach einiger Zeit wollte man ihn aus seiner Gruft wieder hervorziehen, um ihm einen Pfahl durch den Leib zu stoßen, in der Meinung, er müsse ein Vampir gewesen sein, und die erkrankten Frauen würden durch solches probate Hausmittel genesen; aber man fand das Grab leer.

Über die Schicksale des alten Kriegsgottes Mars, seit dem Siege der Christen, weiß ich nicht viel zu vermelden. Ich bin nicht abgeneigt zu glauben, daß er in der Feudalzeit das Faustrecht benutzt haben mag. Der lange Schimmelpennig, Neffe des Scharfrichters von Münster, begegnet ihm zu Bologna, wo sie eine Unterredung hatten, die ich an einem andern Orte mitteilen werde. Einige Zeit vorher diente er unter Frondsberg in der Eigenschaft eines Landsknechtes, und war zugegen bei der Erstürmung von Rom, wo ihm gewiß bitter zumute war, als er seine alte Lieblingsstadt und die Tempel, worin er selbst verehrt worden, sowie auch die Tempel seiner Verwandten, so schmählich verwüsten sah.

Besser als dem Mars und dem Apollo war es, nach der großen Retirade, dem Gotte Bacchus ergangen, und die Legende erzählt Folgendes:

In Tirol gibt es sehr große Seen, die von Waldungen umgeben, deren himmelhohe Bäume sich prachtvoll in der blauen Flut abspiegeln. Baum und Wasser rauschen so geheimnisvoll, daß einem wunderlich zu Sinne wird, wenn man dort einsam wandelt. An dem Ufer eines solchen Sees stand die Hütte eines jungen Fischers, der sich mit dem Fischfang ernährte und auch wohl das Geschäft eines Fährmanns besorgte, wenn irgendein Reisender über den See gesetzt zu werden begehrte. Er hatte eine große Barke, die an alten Baumstämmen angebunden unfern von seiner Wohnung lag. In dieser letztern lebte er ganz allein. Einst, zur Zeit der herbstlichen Tagesgleiche, gegen Mitternacht, hörte er an sein Fenster klopfen, und als er vor die Türe trat, sah er drei Mönche, die ihre Köpfe in den Kutten tief vermummt hielten und sehr eilig zu sein schienen. Einer von ihnen bat ihn hastig, ihnen seinen Kahn zu leihen, und versprach, denselben in wenigen Stunden an dieselbe Stelle zurückzubringen. Die Mönche waren ihrer drei, und der Fischer, welcher unter solchen Umständen nicht lange zögern konnte, band den Kahn los, und während jene einstiegen und über den See fortfuhren, ging er nach seiner Hütte zurück, und legte sich aufs Ohr. Jung wie er war, schlief er bald ein, aber nach einigen Stunden ward er von den zurückkehrenden Mönchen aufgeweckt; als er zu ihnen hinaustrat, drückte ihm einer von ihnen ein Silberstück als Fahrgeld in die Hand, und alle drei eilten rasch von dannen. Der Fischer ging, nach seinem Kahn zu schauen, den er fest angebunden fand. Dann schüttelte er sich, doch nicht wegen der Nachtluft. Es war ihm nämlich sonderbar fröstelnd durch die Glieder gefahren und es hatte ihm fast das Herz erkältet, als der Mönch, der ihm das Fährgeld gereicht, seine Hand berührte; die Finger des Mönches waren eiskalt. Diesen Umstand konnte der Fischer einige Tage lang gar nicht vergessen. Doch die Jugend schlägt sich endlich alles Unheimliche aus dem Sinn, und der Fischer dachte nicht mehr an jenes Ereignis, als im folgenden Jahre, gleichfalls um die Zeit der Tagesgleiche, gegen Mitternacht, an das Fenster der Fischerhütte geklopft wurde und wieder mit großer Hast die drei vermummten Mönche erschienen, welche wieder den Kahn verlangten. Der Fischer überließ ihnen denselben diesmal mit weniger Besorgnis, und als sie nach einigen Stunden zurückkehrten, und ihm einer der Mönche eilig das Fahrgeld in die Hand drückte, fühlte er wieder mit Schaudern die eiskalten Finger. Dasselbe Ereignis wiederholte sich jedes Jahr um dieselbe Zeit in derselben Weise, und endlich, als der siebente Jahrestag herannahte, ergriff den Fischer eine große Begier, das Geheimnis, das sich unter jenen drei Kutten verbarg, um jeden Preis zu erfahren. Er legte eine Menge Netzwerke in den Kahn, daß dieselben ein Versteck bildeten, wo er hineinschlüpfen konnte, während die Mönche das Fahrzeug besteigen würden. Die erwarteten dunklen Kunden kamen wirklich um die bestimmte Zeit, und es gelang dem Fischer, sich unversehens unter die Netze zu verstecken und an der Überfahrt teilzunehmen. Zu seiner Verwunderung dauerte diese nur kurze Zeit, während er sonst mehr als eine Stunde brauchte, ehe er ans entgegengesetzte Ufer gelangen konnte, und noch größer war sein Erstaunen, als er hier, wo die Gegend ihm so gut bekannt war, jetzt einen weiten offnen Waldesplatz sah, den er früher noch nie erblickt, und der mit Bäumen umgeben war, die einer ihm ganz fremden Vegetation angehörten. Die Bäume waren behängt mit unzähligen Lampen, auch Vasen mit loderndem Waldharz standen auf hohen Postamenten, und dabei schien der Mond so hell, daß der Fischer die dort versammelte Menschenmenge so genau betrachten konnte, wie am hellen Tage. Es waren viele hundert Personen, junge Männer und junge Frauen, meistens bildschön, obgleich ihre Gesichter alle so weiß wie Marmor waren, und dieser Umstand, verbunden mit der Kleidung, die in weißen, sehr weit aufgeschürzten Tuniken mit Purpursaum bestand, gab ihnen das Aussehen von wandelnden Statuen. Die Frauen trugen auf den Häuptern Kränze von natürlichem oder auch aus Gold- und Silberdraht verfertigtem Weinlaub, und das Haar war zum Teil auf dem Scheitel in eine Krone geflochten, zum Teil auch ringelte dasselbe aus dieser Krone wildlockig hinab in den Nacken. Die jungen Männer trugen ebenfalls auf den Häuptern Kränze von Weinlaub. Männer und Weiber aber, in den Händen goldne Stäbe schwingend, die mit Weinlaub umrankt, kamen jubelnd herangezogen, um die drei Ankömmlinge zu begrüßen. Einer derselben warf jetzt seine Kutte von sich, und zum Vorschein kam ein impertinenter Geselle von gewöhnlichem Mannesalter, der ein widerwärtig lüsternes, ja unzüchtiges Gesicht hatte, mit spitzen Bocksohren begabt war, und eine lächerlich übertriebene Geschlechtlichkeit, eine höchst anstößige Hyperbel, zur Schau trug. Der andre Mönch warf ebenfalls seine Kutte von sich, und man sah einen nicht minder nackten Dickwanst, auf dessen kahlen Glatzkopf die mutwilligen Weiber einen Rosenkranz pflanzten. Beider Mönche Antlitz war schneeweiß, wie das der übrigen Versammlung. Schneeweiß war auch das Gesicht des dritten Mönchs, der schier lachend die Kapuze vom Haupte streifte. Als er den Gürtelstrick seiner Kutte losband, und das fromme schmutzige Gewand nebst Kreuz und Rosenkranz mit Ekel von sich warf, erblickte man in einer von Diamanten glänzenden Tunika eine wunderschöne Jünglingsgestalt vom edelsten Ebenmaß, nur daß die runden Hüften und die schmächtige Taille etwas Weibisches hatten. Auch die zärtlich gewölbten Lippen und die verschwimmend weichen Züge verliehen dem Jüngling ein etwas weibisches Aussehen; doch sein

Gesicht trug gleichwohl einen gewissen kühnen, fast übermütig heroischen Ausdruck. Die Weiber liebkosten ihn mit wilder Begeisterung, setzten ihm einen Efeukranz aufs Haupt, und warfen auf seine Schulter ein prachtvolles Leopardenfell. In demselben Augenblick kam, bespannt mit zwei Löwen, ein goldner zweirädriger Siegeswagen herangerollt, auf den sich der junge Mensch mit Herrscherwürde, aber doch heitern Blickes hinaufschwang. Er leitete an purpurnen Zügeln das wilde Gespann. An der rechten Seite seines Wagens schritt der eine seiner entkutteten Gefährten, dessen geile Gebärden und obenerwähnte unanständige Übertriebenheit das Publikum ergötzte, während sein Genosse, der kahlköpfige Dickwanst, den die lustigen Frauen auf einen Esel gehoben hatten, an der linken Seite des Wagens einherritt, in der Hand einen goldnen Pokal haltend, der ihm beständig mit Wein gefüllt wurde. Langsam bewegte sich der Wagen, und hinter ihm wirbelte die tanzende Ausgelassenheit der weinlaubgekrönten Männer und Weiber. Dem Wagen voran ging die Hofkapelle des Triumphators: der hübsche bausbäckige Junge mit der Doppelflöte im Maule; dann die hochgeschürzte Tamburinschlägerin, die mit den Knöcheln der umgekehrten Hand auf das klirrende Fell lostrommelte; dann die ebenso holdselige Schöne mit dem Triangel; dann die Hornisten, bocksfüßige Gesellen mit schönen aber lasziven Gesichtern, welche auf wunderlich geschwungenen Tierhörnern oder Seemuscheln ihre Fanfaren bliesen; dann die Lautenspieler –

Doch, lieber Leser, ich vergesse, daß du ein sehr gebildeter und wohlunterrichteter Leser bist, der schon lange gemerkt hat, daß hier von einem Bacchanale die Rede ist, von einem Feste des Dionysus. Du hast oft genug auf alten Basreliefen oder Kupferstichen archäologischer Werke die Triumphzüge gesehen, die jenen Gott verherrlichen, und wahrlich bei deinem klassisch gebildeten Sinn würdest du nimmermehr erschrecken, wenn dir einmal plötzlich in der mitternächtlichen Abgeschiedenheit eines Waldes der schöne Spuk eines solchen Bacchuszuges nebst dem dazugehörigen betrunkenen Personale leiblich vor Augen träte – Höchstens würdest du einen leisen lüsternen Schauer, ein ästhetisches Grüseln empfinden beim Anblick dieser bleichen Versammlung, dieser anmutigen Phantome, die den Sarkophagen ihrer Grabmäler oder den Verstecken ihrer Tempelruinen entstiegen sind, um den alten fröhlichen Gottesdienst noch einmal zu begehen, um noch einmal mit Spiel und Reigen die Siegesfahrt des göttlichen Befreiers, des Heilandes der Sinnenlust, zu feiern, um noch einmal den Freudentanz des Heidentums, den Cancan der antiken Welt, zu tanzen, ganz ohne hypokritische Verhüllung, ganz ohne Dazwischenkunft der Sergeants-de-ville einer spiritualistischen Moral, ganz mit dem ungebundenen Wahnsinn der alten Tage, jauchzend, tobend, jubelnd: Evoe Bacche! Aber ach! lieber Leser, der arme Fischer, von welchem wir berichten, war keineswegs wie du in der Mythologie bewandert, er hatte gar keine archäologischen Studien gemacht, und er war von Schrecken und Angst ergriffen bei dem Anblick jenes schönen Triumphators mit seinen zwei wunderlichen Akoluthen, als sie ihrer Mönchstracht entsprungen; er schauderte ob der unzüchtigen Gebärden und Sprünge der Bacchanten, der Faunen, der Satyre, die ihm durch ihre Bocksfüße und Hörner ganz besonders diabolisch erschienen, und die gesamte Sozietät hielt er für einen Kongreß von Gespenstern und Dämonen, welche durch ihre Malefizien allen Christenmenschen Verderben zu bereiten suche. Das Haar sträubte sich auf seinem Haupte, als er die halsbrechend unmögliche Positur einer Mänade sah, die mit flatterndem Haar das Haupt zurückwarf und sich nur durch den Thyrsus im Gleichgewicht erhielt. Ihm selber, dem armen Schiffer, ward es wirr im Hirn, als er hier Korybanten erblickte, die mit den kurzen Schwertern ihrem eigenen Leibe Wunden beibrachten, tobsüchtig die Wollust suchend in dem Schmerze selbst. Die weichen, zärtlichen und doch zugleich grausamen Töne der Musik, die er vernahm, drangen in sein Gemüt wie Flammen, lodernd, verzehrend, grauenhaft. Aber als der arme Mensch jenes verrufene ägyptische Symbol erblickte, das in übertriebener Größe und bekränzt mit Blumen von einem schamlosen Weibe auf einer hohen Stange herumgetragen wurde: da verging ihm Hören und Sehen – und er stürzte nach seinem Kahne zurück und verkroch sich unter die Netze, zähneklappernd und zitternd, als hielte ihn Satan bereits an einem Fuße fest. Nicht lange darauf kamen die drei Mönche ebenfalls nach dem Kahne zurück und stießen ab. Als sie endlich am andern Seeufer landeten und ausstiegen, wußte der Fischer so geschickt seinem Versteck zu entschlüpfen, daß die Mönche meinten, er habe hinter den Weiden ihrer geharrt, und indem ihm einer von ihnen wieder mit eiskalten Fingern den Fährlohn in die Hand drückte, eilten sie stracks von hinnen.

Sowohl seines eigenen Seelenheils wegen, das er gefährdet glaubte, als auch um andere Christenmenschen vor Verderben zu bewahren, hielt sich der Fischer für verpflichtet, das unheimliche Begebnis dem geistlichen Gerichte anzuzeigen, und da der Superior eines nahe gelegenen Franziskanerklosters als Vorsitzer eines solchen Gerichtes und ganz besonders als gelahrter Exorzist in großem Ansehen stand, beschloß er, sich unverzüglich zu ihm zu begeben. Die Frühsonne fand daher den Fischer schon auf dem Wege nach dem Kloster, und demütigen Blickes stand er bald vor Seiner Hochwürden, dem Superior, der in seiner Bücherei, die Kapuze weit übers Gesicht gezogen, in einem Lehnsessel saß, und in dieser nachdenklichen Positur sitzen blieb, während ihm der Fischer die grausenhafte Historie erzählte. Als derselbe mit dieser Relation zu Ende war, erhob der Superior sein Haupt, und indem die Kapuze zurückfiel, sah der Fischer mit Bestürzung, daß Seine Hochwürden einer von den drei Mönchen war, die jährlich über den See fuhren, und er erkannte in ihm ebendenjenigen, den er diese Nacht als heidnischen Dämon auf dem Siegeswagen mit dem Löwengespann gesehen: es war dasselbe marmorblasse Gesicht, dieselben regelmäßig schönen Züge, derselbe Mund mit den zärtlich gewölbten Lippen – Und um diese Lippen schwebte ein wohlwollendes Lächeln, und diesem Munde entquollen jetzt die sanftklingenden salbungsreichen Worte: »Geliebter Sohn in Christo! wir glauben herzlich gern, daß Ihr diese Nacht in der Gesellschaft des Gottes Bacchus zugebracht habt, und Eure phantastische Spukgeschichte gibt dessen hinlänglich Kunde. Wir wollen beileibe nichts Unliebiges von diesem Gotte sagen, er ist gewiß manchmal ein Sorgenbrecher und erfreut des Menschen Herz, aber er ist sehr gefährlich für diejenigen, die nicht viel vertragen können, und zu diesen scheint Ihr zu gehören. Wir raten Euch daher hinfüro nur mit Maß des goldenen Rebensaftes zu genießen, und mit den Hirngeburten der Trunkenheit die geistlichen Obrigkeiten nicht mehr zu behelligen, und auch von Eurer letzten Vision zu schweigen, ganz das Maul zu halten, widrigenfalls Euch der weltliche Arm des Büttels fünfundzwanzig Peitschenhiebe aufzählen soll. Jetzt aber, geliebter Sohn in Christo, geht in die Klosterküche, wo Euch der Bruder Kellermeister und der Bruder Küchenmeister einen Imbiß vorsetzen sollen.«

Hiermit gab der geistliche Herr dem Fischer seinen Segen, und als sich dieser verblüfft nach der Küche trollte und den Frater Küchenmeister und den Frater Kellermeister erblickte, fiel er fast zu Boden vor Schrecken – denn diese beiden waren die zwei nächtlichen Gefährten des Superiors, die zwei Mönche, die mit demselben über den See gefahren, und der Fischer erkannte den Dickwanst und die Glatze des einen, ebenso wie die grinsend geilen Gesichtszüge nebst den Bocksohren des andern. Doch hielt er reinen Mund, und erst in spätern Jahren erzählte er die Geschichte seinen Angehörigen.

Alte Chroniken, welche ähnliche Sagen erzählen, verlegen den Schauplatz nach Speyer am Rhein.

An der ostfriesischen Küste herrscht eine analoge Tradition, worin die altheidnischen Vorstellungen von der Überfahrt der Toten nach dem Schattenreiche, welche allen jenen Sagen zugrunde liegen, am deutlichsten hervortreten. Von einem Charon, der die Barke lenkt, ist zwar nirgend darin die Rede, wie denn überhaupt dieser alte Kauz sich nicht in der Volkssage, sondern nur im Puppenspiele erhalten hat; aber eine weit wichtigere mythologische Personnage erkennen wir in dem sogenannten Spediteur, der die Überfahrt der Toten besorgt, und der dem Fährmann, welcher des Charons Amt verrichtet und ein gewöhnlicher Fischer ist, das herkömmliche Fährgeld auszahlt. Trotz ihrer barocken Vermummung werden wir den wahren Namen jener Person bald erraten, und ich will daher die Tradition selbst so getreu als möglich hier mitteilen:

In Ostfriesland, an der Küste der Nordsee, gibt es Buchten, die gleichsam kleine Hafen bilden und Siele heißen. An den äußersten Vorsprüngen derselben steht das einsame Haus irgendeines Fischers, der hier mit seiner Familie ruhig und genügsam lebt. Die Natur ist dort traurig, kein Vogel pfeift, außer den Seemöwen, welche manchmal mit einem fatalen Gekreische aus den Sandnestern der Dünen hervorfliegen und Sturm verkünden. Das monotone Geplätscher der brandenden See paßt sehr gut zu den düstern Wolkenzügen. Auch die Menschen singen hier nicht, und an dieser melancholischen Küste hört man nie die Strophe eines Volksliedes. Die Menschen hierzulande sind ernst, ehrlich, mehr vernünftig als religiös, und stolz auf den kühnen Sinn und auf die Freiheit ihrer Altvordern. Solche Leute sind nicht phantastisch aufregbar, und grübeln nicht viel. Die Hauptsache für den Fischer, der auf seinem einsamen Siel wohnt, ist der Fischfang, und dann und wann das Fährgeld der Reisenden, die nach einer der umliegenden Inseln der Nordsee übergesetzt sein wollen. Zu einer bestimmten Zeit des Jahres, heißt es, just um die Mittagsstunde, wo eben der Fischer mit seiner Familie, das Mittagsmahl verzehrend, zu Tische sitzt, tritt ein Reisender in die große Wohnstube, und bittet den Hausherrn, ihm einige Augenblicke zu vergönnen, um ein Geschäft mit ihm zu besprechen. Der Fischer, nachdem er den Gast vergeblich gebeten, vorher an der Mahlzeit teilzunehmen, erfüllt am Ende dessen Begehr, und beide treten beiseite an ein Erkertischchen. Ich will das Aussehen des Fremden nicht lange beschreiben in müßiger Novellistenweise; bei der Aufgabe, die ich mir gestellt, genügt ein genaues Signalement. Ich bemerke also Folgendes: Der Fremde ist ein schon bejahrtes, aber doch wohlkonserviertes Männchen, ein jugendlicher Greis, gehäbig aber nicht fett, die Wänglein rot wie Borsdorfer Äpfel, die Äuglein lustig nach allen Seiten blinzelnd, und auf dem gepuderten Köpfchen sitzt ein dreieckiges Hütlein. Unter einer hellgelben Houppelande mit unzähligen Krägelchen trägt der Mann die altmodische Kleidung, die wir auf Porträten holländischer Kaufleute finden, und welche eine gewisse Wohlhabenheit verrät: ein seidenes papageigrünes Röckchen, blumengestickte Weste, kurze schwarze Höschen, gestreifte Strümpfe und Schnallenschuhe; letztere sind so blank, daß man nicht begreift, wie jemand durch den Schlamm der Sielwege zu Fuße so unbeschmutzt hergelangen konnte. Seine Stimme ist asthmatisch, feindrähtig und manchmal ins Greinende überschlagend, doch der Vortrag und die Haltung des Männleins ist gravitätisch gemessen, wie es einem holländischen Kaufmann ziemt. Diese Gravität scheint jedoch mehr erkünstelt als natürlich zu sein, und sie kontrastiert manchmal mit dem forschsamen Hin- und Herlugen der Äuglein, sowie auch mit der schlecht unterdrückten flatterhaften Beweglichkeit der Beine und Arme. Daß der Fremde ein holländischer Kaufmann ist, bezeugt nicht bloß seine Kleidung, sondern auch die merkantilische Genauigkeit und Umsicht, womit er das Geschäft so vorteilhaft als möglich für seinen Kommittenten abzuschließen weiß. Er ist nämlich, wie er sagt, Spediteur und hat von einem seiner Handelsfreunde den Auftrag erhalten, eine bestimmte Anzahl Seelen, soviel in einer gewöhnlichen Barke Raum fänden, von der ostfriesischen Küste nach der weißen Insel zu fördern; zu diesem Behufe nun, fährt er fort, möchte er wissen, ob der Schiffer diese Nacht die erwähnte Ladung mit seiner Barke nach der erwähnten Insel übersetzen wolle, und für diesen Fall sei er erbötig, ihm das Fährgeld gleich vorauszuzahlen, zuversichtlich hoffend, daß er aus christlicher Bescheidenheit seine Forderung recht billig stellen werde. Der holländische Kaufmann (dieses ist eigentlich ein Pleonasmus, da jeder Holländer Kaufmann ist) macht diesen Antrag mit der größten Unbefangenheit, als handle es sich von einer Ladung Käse, und nicht von Seelen der Verstorbenen. Der Fischer stutzt einigermaßen bei dem Wort Seelen, und es rieselt ihm ein bißchen kalt über den Rücken, da er gleich merkt, daß von den Seelen der Verstorbenen die Rede sei, und daß er den gespenstischen Holländer vor sich habe, der so manchen seiner Kollegen die Überfahrt der verstorbenen Seelen anvertraute und gut dafür bezahlte. Wie ich jedoch oben bemerkt, diese ostfriesischen Küstenbewohner sind mutig und gesund und nüchtern, und es fehlt ihnen jene Kränklichkeit und Einbildungskraft, welche uns für das Gespenstische und Übersinnliche empfänglich macht: unsres Fischers geheimes Grauen dauert daher nur einen Augenblick; seine unheimliche Empfindung unterdrückend, gewinnt er bald seine Fassung, und mit dem Anschein des größten Gleichmuts ist er nur darauf bedacht, das Fährgeld so hoch als möglich zu steigern. Doch nach einigem Feilschen und Dingen verständigen sich beide Kontrahenten über den Fahrlohn, sie geben einander den Handschlag zur Bekräftigung der Übereinkunft, und der Holländer, welcher einen schmutzigen ledernen Beutel hervorzieht, angefüllt mit lauter ganz kleinen Silberpfennigen, den kleinsten, die je in Holland geschlagen worden, zahlt die ganze Summe des Fahrgelds in dieser putzigen Münzsorte. Indem er dem Fischer noch die Instruktion gibt, gegen Mitternacht, zur Zeit wo der Mond aus den Wolken hervortreten würde, sich an einer bestimmten Stelle der Küste mit seiner Barke einzufinden, um die Ladung in Empfang zu nehmen, verabschiedet er sich bei der ganzen Familie, welche vergebens ihre Einladung zum Mitspeisen wiederholte, und die eben noch so gravitätische Figur trippelt mit leichtfüßigen Schritten von dannen.

Um die bestimmte Zeit befindet sich der Schiffer an dem bestimmten Orte mit seiner Barke, die anfangs von den Wellen hin und her geschaukelt wird; aber nachdem der Vollmond sich gezeigt, bemerkt der Schiffer, daß sein Fahrzeug sich minder leicht bewegt und immer tiefer in die Flut einsinkt, so daß am Ende das Wasser nur noch eine Handbreit vom Rand entfernt bleibt. Dieser Umstand belehrt ihn, daß seine Passagiere, die Seelen, jetzt an Bord sein müssen, und er stößt ab mit seiner Ladung. Er mag noch so sehr seine Augen anstrengen, doch bemerkt er im Kahne nichts als einige Nebelstreifen, die sich hin und her bewegen, aber keine bestimmte Gestalt annehmen und ineinander verquirlen. Er mag auch noch so sehr horchen, so hört er doch nichts als ein unsäglich leises Zirpen und Knistern. Nur dann und wann schießt schrillend eine Möwe über sein Haupt, oder es taucht neben ihm aus der Flut ein Fisch hervor, der ihn blöde anglotzt. Es gähnt die Nacht, und frostiger weht die Seeluft. Überall nur Wasser, Mondschein und Stille; und schweigsam, wie seine Umgebung, ist der Schiffer, der endlich an der weißen Insel anlangt und mit seinem Kahne stillhält. Auf dem Strande sieht er niemand, aber er hört eine schrille, asthmatisch keuchende und greinende Stimme, worin er die des Holländers erkennt; derselbe scheint ein Verzeichnis von lauter Eigennamen abzulesen, in einer gewissen verifizierenden, monotonen Weise; unter diesen Namen sind dem Fischer manche bekannt und gehören Personen, die in demselben Jahr verstorben. Während dem Ablesen dieses Namenverzeichnisses wird der Kahn immer leichter, und lag er eben noch so schwer im Sande des Ufers, so hebt er sich jetzt plötzlich leicht empor, sobald die Ablesung zu Ende ist; und der Schiffer, welcher daran merkt, daß seine Ladung richtig in Empfang genommen ist, fährt wieder ruhig zurück zu Weib und Kind, nach seinem lieben Hause am Siel.

So geht es jedesmal mit dem Überschiffen der Seelen nach der weißen Insel. Als einen besondern Umstand bemerkte einst der Schiffer, daß der unsichtbare Kontrolleur im Ablesen des Namenverzeichnisses plötzlich innehielt und ausrief: »Wo ist aber Pitter Jansen? Das ist nicht Pitter Jansen.« Worauf ein feines, wimmerndes Stimmchen antwortete: »Ik bin Pitter Jansens Mieke, un häb mi op mines Manns Noame inskreberen laten.« (Ich bin Pitter Jansens Mieke, und habe mich auf meines Mannes Namen einschreiben lassen.)

Ich habe mich oben vermessen, trotz der pfiffigen Vermummung die wichtige mythologische Person zu erraten, die in obiger Tradition zum Vorschein kommt. Dieses ist keine geringere als der Gott Mercurius, der ehemalige Seelenführer, Hermes Psychopompos. Ja, unter jener schäbigen Houppelande und in jener nüchternen Krämergestalt verbirgt sich der brillanteste jugendliche Heidengott, der kluge Sohn der Maja. Auf jenem dreieckigen Hütchen steckt auch nicht der geringste Federwisch, der an die Fittiche der göttlichen Kopfbedeckung erinnern könnte, und die plumpen Schuhe mit den stählernen Schnallen mahnen nicht im mindesten an beflügelte Sandalen; dieses holländisch schwerfällige Blei ist so ganz verschieden von dem beweglichen Quecksilber, dem der Gott sogar seinen Namen verliehen: aber eben der Kontrast verrät die Absicht, und der Gott wählte diese Maske, um sich desto sicherer verstellt zu halten. Vielleicht aber wählte er sie keineswegs aus willkürlicher Laune: Merkur war, wie ihr wißt, zu gleicher Zeit der Gott der Diebe und der Kaufleute, und es lag nahe, daß er bei der Wahl einer Maske, die ihn verbergen, und eines Gewerbes, das ihn ernähren könnte, auf seine Antezedentien und Talente Rücksicht nahm. Letztere waren erprobt: er war der erfindungsreichste der Olympier, er hatte die Schildkrötenlyra und das Sonnengas erfunden, er bestahl Menschen und Götter, und schon als Kind war er ein kleiner Calmonius, der seiner Wiege entschlüpfte, um ein paar Rinder zu stibitzen. Er hatte zu wählen zwischen den zwei Industrien, die im wesentlichen nicht sehr verschieden, da bei beiden die Aufgabe gestellt ist, das fremde Eigentum so wohlfeil als möglich zu erlangen: aber der pfiffige Gott bedachte, daß der Diebesstand in der öffentlichen Meinung keine so hohe Achtung genießt, wie der Handelsstand, daß jener von der Polizei verpönt, während dieser von den Gesetzen sogar privilegiert ist, daß die Kaufleute jetzt auf der Leiter der Ehre die höchste Staffel erklimmen, während die vom Diebesstand manchmal eine minder angenehme Leiter besteigen müssen, daß sie Freiheit und Leben aufs Spiel setzen, während der Kaufmann nur seine Kapitalien oder nur die seiner Freunde einbüßen kann, und der pfiffigste der Götter ward Kaufmann, und um es vollständig zu sein, ward er sogar Holländer. Seine lange Praxis als ehemaliger Psychopompos, als Schattenführer, machte ihn besonders geeignet für die Spedition der Seelen, deren Transport nach der weißen Insel, wie wir sahen, durch ihn betrieben wird.

Die weiße Insel wird zuweilen auch Brea oder Britinia genannt. Denkt man vielleicht an das weiße Albion, an die Kalkfelsen der englischen Küste? Es wäre eine humoristische Idee, wenn man England als ein Totenland, als das plutonische Reich, als die Hölle bezeichnen wollte. England mag in der Tat manchem Fremden in solcher Gestalt erscheinen.

In einem Versuche über die Faustlegende habe ich den Volksglauben in bezug auf das Reich des Pluto und diesen selbst hinlänglich besprochen. Ich habe dort gezeigt, wie das alte Schattenreich eine ausgebildete Hölle und der alte finstere Beherrscher desselben ganz diabolisiert wurde. Aber nur durch den Kanzeleistil der Kirche klingen die Dinge so grell; trotz dem christlichen Anathema blieb die Position des Pluto wesentlich dieselbe. Er, der Gott der Unterwelt, und sein Bruder Neptunus, der Gott des Meeres, diese beiden sind nicht emigriert wie andre Götter, und auch nach dem Siege des Christentums blieben sie in ihren Domänen, in ihrem Elemente. Mochte man hier oben auf Erden das Tollste von ihm fabeln, der alte Pluto saß unten warm bei seiner Proserpina. Weit weniger Verunglimpfungen, als sein Bruder Pluto, hatte Neptunus zu erdulden, und weder Glockengeläute noch Orgelklänge konnten sein Ohr verletzen da unten in seinem Ozean, wo er ruhig saß bei seiner weißbusigen Frau Amphitrite und seinem feuchten Hofstaat von Nereiden und Tritonen. Nur zuweilen, wenn irgendein junger Seemann zum ersten Male die Linie passierte, tauchte er empor aus seiner Flut, in der Hand den Dreizack schwingend, das Haupt mit Schilf bekränzt, und der silberne Wellenbart herabwallend bis zum Nabel. Er erteilte alsdann dem Neophyten die schreckliche Seewassertaufe, und hielt dabei eine lange, salbungsreiche Rede, voll von derben Seemannswitzen, die er nebst der gelben Lauge des gekauten Tabaks mehr ausspuckte als sprach, zum Ergötzen seiner beteerten Zuhörer. Ein Freund, welcher mir ausführlich beschrieb, wie ein solches Wassermysterium von den Seeleuten auf den Schiffen tragiert wird, versicherte daß ebenjene Matrosen, welche am tollsten über die drollige Fastnachtsfratze des Neptuns lachten, dennoch keinen Augenblick an der Existenz eines solchen Meergottes zweifelten und manchmal in großen Gefahren zu ihm beteten.

Neptunus blieb also der Beherrscher des Wasserreichs, wie Pluto trotz seiner Diabolisierung der Fürst der Unterwelt blieb. Ihnen ging es besser als ihrem Bruder Jupiter, dem dritten Sohn des Saturn, welcher nach dem Sturz seines Vaters die Herrschaft des Himmels erlangt hatte, und sorglos als König der Welt im Olymp mit seinem glänzenden Troß von lachenden Göttern, Göttinnen und Ehrennymphen sein ambrosisches Freudenregiment führte. Als die unselige Katastrophe hereinbrach, als das Regiment des Kreuzes, des Leidens, proklamiert ward, emigrierte auch der große Kronide, und er verschwand im Tumulte der Völkerwanderung. Seine Spur ging verloren, und ich habe vergebens alte Chroniken und alte Weiber befragt, niemand wußte mir Auskunft zu geben über sein Schicksal. Ich habe in derselben Absicht viele Bibliotheken durchstöbert, wo ich mir die prachtvollsten Kodizes, geschmückt mit Gold und Edelsteinen, wahre Odalisken im Harem der Wissenschaft, zeigen ließ, und ich sage den gelehrten Eunuchen für die Unbrummigkeit und sogar Affabilität, womit sie mir jene leuchtenden Schätze erschlossen, hier öffentlich den üblichen Dank. Es scheint als hätten sich keine volkstümlichen Traditionen über einen mittelalterlichen Jupiter erhalten, und alles was ich aufgegabelt, besteht in einer Geschichte, welche mir einst mein Freund Niels Andersen erzählte.

Ich habe soeben Niels Andersen genannt, und die liebe drollige Figur steigt wieder lebendig in meiner Erinnerung herauf. Ich will ihm hier einige Zeilen widmen. Ich gebe gern meine Quellen an, und ich erörtere ihre Eigenschaften, damit der geneigte Leser selbst beurteile, inwieweit sie sein Vertrauen verdienen. Also einige Worte über meine Quelle.

Niels Andersen, geboren zu Drontheim in Norwegen, war einer der größten Walfischjäger, die ich kennenlernte. Ich bin ihm sehr verpflichtet. Ihm verdanke ich alle meine Kenntnisse in bezug auf den Walfischfang. Er machte mich bekannt mit allen Finten, die das kluge Tier anwendet, um dem Jäger zu entrinnen; er vertraute mir die Kriegslisten, womit man seine Finten vereitelt. Er lehrte mich die Handgriffe beim Schwingen der Harpune, zeigte mir wie man mit dem Knie des rechten Beines sich gegen den Vorderrand des Kahnes stemmen muß, wenn man die Harpune nach dem Walfisch wirft, und wie man mit dem linken Bein einen gesalzenen Fußtritt dem Matrosen versetzt, der das Seil, das an der Harpune befestigt ist, nicht schnell genug nachschießen ließ. Ihm verdanke ich alles, und wenn ich kein großer Walfischjäger geworden, so liegt die Schuld weder an Niels Andersen noch an mir, sondern an meinem bösen Schicksal, das mir nicht vergönnte, auf meinen Lebensfahrten irgendeinen Walfisch anzutreffen, mit welchem ich einen würdigen Kampf bestehen konnte. Ich begegnete nur gewöhnlichen Stockfischen und lausigen Heringen. Was hilft die beste Harpune gegen einen Hering? Jetzt muß ich allen Jagdhoffnungen entsagen, meiner gesteiften Beine wegen. Als ich Niels Andersen zu Ritzebüttel bei Cuxhaven kennenlernte, war er ebenfalls nicht mehr gut auf den Füßen, da am Senegal ein junger Haifisch, der vielleicht sein rechtes Bein für ein Zuckerstängelchen ansah, ihm dasselbe abbiß, und der arme Niels seitdem auf einem Stelzfuß herumhumpeln mußte. Sein größtes Vergnügen war damals, auf einer hohen Tonne zu sitzen, und auf dem Bauche derselben mit seinem hölzernen Beine zu trommeln. Ich half ihm oft die Tonne erklettern, aber ich wollte ihm manchmal nicht wieder hinunterhelfen, ehe er mir eine seiner wunderlichen Fischersagen erzählte.

Wie Muhamet Eben Mansur seine Lieder immer mit einem Lob des Pferdes anfing, so begann Niels Andersen alle seine Geschichten mit einer Apologie des Walfisches. Auch die Legende, die wir ihm hier nacherzählen, ermangelt nicht einer solchen Lobspende. Der Walfisch, sagte Niels Andersen, sei nicht bloß das größte, sondern auch das schönste Tier. Aus den zwei Naslöchern auf seinem Kopfe sprängen zwei kolossale Wasserstrahlen, die ihm das Ansehen eines wunderbaren Springbrunnens gäben, und gar besonders des Nachts im Mondschein einen magischen Effekt hervorbrächten. Dabei sei er gutmütig, friedliebig, und habe viel Sinn für stilles Familienleben. Es gewähre einen rührenden Anblick, wenn Vater Walfisch mit den Seinen auf einer ungeheuern Eisscholle sich hingelagert, und jung und alt sich um ihn her in Liebesspielen und harmlosen Neckereien überböten. Manchmal springen sie alle auf einmal ins Wasser, um zwischen den großen Eisblöcken Blindekuh zu spielen. Die Sittenreinheit und die Keuschheit der Walfische wird weit mehr gefördert durch das Eiswasser, worin sie beständig mit den Flossen herumschwänzeln, als durch moralische Prinzipien. Es sei auch leider nicht zu leugnen, daß sie keinen religiösen Sinn haben, daß sie ganz ohne Religion sind –

»Ich glaube, das ist ein Irrtum« – unterbrach ich meinen Freund – »ich habe jüngst den Bericht eines holländischen Missionärs gelesen, worin dieser die Herrlichkeit der Schöpfung beschreibt, die sich in den hohen Polargegenden offenbare, wenn des Morgens die Sonne aufgegangen, und das Tageslicht die abenteuerlichen, riesenhaften Eismassen bestrahlt. Diese, sagte er, welche alsdann an diamantne Märchenschlösser erinnern, geben von Gottes Allmacht ein so imposantes Zeugnis, daß nicht bloß der Mensch, sondern sogar die rohe Fischkreatur, von solchem Anblick ergriffen, den Schöpfer anbete – mit seinen eigenen Augen, versichert der Domine, habe er mehre Walfische gesehen, die an einer Eiswand gelehnt, dort aufrecht standen und sich mit dem Oberteil auf und nieder bewegten, wie Betende.«

Niels Andersen schüttelte sonderbar den Kopf; er leugnete nicht, daß er selber zuweilen gesehen, wie die Walfische, an einer Eiswand stehend, solche Bewegungen machten, nicht unähnlich denjenigen, die wir in den Betstuben mancher Glaubenssekten bemerken; aber er wollte solches keineswegs irgendeiner religiösen Andacht zuschreiben. Er erklärte die Sache physiologisch: er bemerkte daß der Walfisch, der Chimborasso der Tiere, unter seiner Haut eine so ungeheuer tiefe Schichte von Fett besitze, daß oft ein einziger Walfisch hundert bis hundertfunfzig Fässer Talg und Tran gebe. Jene Fettschichte sei so dick, daß sich viele hundert Wasserratten darin einnisten können, während das große Tier auf einer Eisscholle schliefe, und diese Gäste, unendlich größer und bissiger als unsre Landratten, führen dann ein fröhliches Leben unter der Haut des Walfisches, wo sie Tag und Nacht das beste Fett verschmausen können, ohne das Nest zu verlassen. Diese Schmausereien mögen wohl am Ende dem unfreiwilligen Wirte etwas überlästig, ja unendlich schmerzhaft werden; da er nun keine Hände hat, wie der Mensch, der sich gottlob kratzen kann, wenn es ihn juckt, so sucht er die innere Qual dadurch zu lindern, daß er sich an die scharfen Kanten einer Eiswand stellt und daran den Rücken durch Auf- und Niederbewegungen recht inbrünstiglich reibt, ganz wie bei uns die Hunde sich an einer Bettstelle zu scheuern pflegen, wenn sie mit zu viel Flöhen behaftet sind. Diese Bewegungen hat nun der ehrliche Domine für die eines Beters gehalten und sie der religiösen Andacht zugeschrieben, während sie doch nur durch die Rattenorgien hervorgebracht wurden. Der Walfisch, so viel Tran er auch enthält, schloß Niels Andersen, ist doch ohne den mindesten religiösen Sinn. Er ehrt weder die Heiligen noch die Propheten, und sogar den kleinen Propheten Jonas, den solch ein Walfisch einmal aus Versehen verschluckte, konnte er nimmermehr verdauen, und nach dreien Tagen spuckte er ihn wieder aus. Das vortreffliche Ungeheuer hat leider keine Religion, und so ein Walfisch verehrt unsern wahren Herrgott, der droben im Himmel wohnt, ebensowenig wie den falschen Heidengott, der fern am Nordpol auf der Kanincheninsel sitzt, wo er denselben zuweilen besucht.

»Was ist das für ein Ort, die Kanincheninsel?« fragte ich unsern Niels Andersen. Dieser aber trommelte mit seinem Holzbein auf der Tonne und erwiderte: »Das ist eben die Insel, wo die Geschichte passiert, die ich zu erzählen habe. Die eigentliche Lage der Insel kann ich nicht genau angeben. Niemand konnte, seit sie entdeckt worden, wieder zu ihr gelangen; solches verhinderten die ungeheuern Eisberge, die sich um die Insel türmen und vielleicht nur selten eine Annäherung erlauben. Nur die Schiffsleute eines russischen Walfischjägers, welche einst die Nordstürme so hoch hinauf verschlugen, betraten den Boden der Insel, und seitdem sind schon hundert Jahre verflossen. Als jene Schiffsleute mit einem Kahn dort landeten, fanden sie die Insel ganz wüst und öde. Traurig bewegten sich die Halme des Ginsters über dem Flugsand; nur hie und da standen einige Zwergtannen, oder es krüppelte am Boden das unfruchtbarste Buschwerk. Eine Menge Kaninchen sahen sie umherspringen, weshalb sie dem Orte den Namen Kanincheninsel erteilten. Nur eine einzige ärmliche Hütte gab Kunde, daß ein menschliches Wesen dort wohnte. Als die Schiffer hineintraten, erblickten sie einen uralten Greis, der kümmerlich bekleidet mit zusammengeflickten Kaninchenfellen, auf einem Steinstuhl vor dem Herde saß, und an dem flackernden Reisig seine magern Hände und schlotternden Kniee wärmte. Neben ihm zur Rechten stand ein ungeheuer großer Vogel, der ein Adler zu sein schien, den aber die Zeit so unwirsch gemausert hatte, daß er nur noch die langen struppigen Federkiele seiner Flügel behalten, was dem nackten Tiere ein höchst närrisches und zugleich grausenhaft häßliches Aussehen verlieh. Zur linken Seite des Alten kauerte am Boden eine außerordentlich große haarlose Ziege, die sehr alt zu sein schien, obgleich noch volle Milcheutern mit rosig frischen Zitzen an ihrem Bauche hingen.

Unter den russischen Seeleuten, welche auf der Kanincheninsel landeten, befanden sich mehrere Griechen, und einer derselben glaubte, nicht von dem Hausherrn der Hütte verstanden zu werden, als er in griechischer Sprache zu einem Kameraden sagte: ›Dieser alte Kauz ist entweder ein Gespenst oder ein böser Dämon.‹ Aber bei diesen Worten erhub sich der Alte plötzlich von seinem Steinsitz, und mit großer Verwunderung sahen die Schiffer eine hohe stattliche Gestalt, die sich trotz dem hohen Alter mit gebietender, schier königlicher Würde aufrecht hielt und beinahe die Balken des Gesimses mit dem Haupte berührte: auch die Züge desselben, obgleich verwüstet und verwittert, zeugten von ursprünglicher Schönheit, sie waren edel und streng gemessen, sehr spärlich fielen einige Silberhaare auf die von Stolz und Alter gefurchte

Stirn, die Augen blickten bleich und stier, aber doch stechend, und dem hoch aufgeschürzten Munde entquollen in altertümlich griechischem Dialekt die wohllautenden und klangvollen Worte: ›Ihr irrt Euch, junger Mensch, ich bin weder ein Gespenst noch ein böser Dämon; ich bin ein Unglücklicher, welcher einst bessere Tage gesehen. Wer aber seid Ihr?‹

Die Schiffer erzählten nun dem Manne das Mißgeschick ihrer Fahrt, und verlangten Auskunft über alles was die Insel beträfe. Die Mitteilungen fielen aber sehr dürftig aus. Seit undenklicher Zeit, sagte der Alte, bewohne er die Insel, deren Bollwerke von Eis ihm gegen seine unerbittlichen Feinde eine sichere Zuflucht gewährten. Er lebe hauptsächlich vom Kaninchenfange, und alle Jahr, wenn die treibenden Eismassen sich gesetzt, kämen auf Schlitten einige Haufen Wilde, denen er seine Kaninchenfelle verkaufe, und die ihm als Zahlung allerlei Gegenstände des unmittelbarsten Bedürfnisses überließen. Die Walfische, welche manchmal an die Insel heranschwämmen, seien seine liebste Gesellschaft. Dennoch mache es ihm Vergnügen, jetzt wieder seine Muttersprache zu reden, denn er sei ein Grieche; er bat auch seine Landsleute, ihm einige Nachrichten über die jetzigen Zustände Griechenlands zu erteilen. Daß von den Zinnen der Türme der griechischen Städte das Kreuz abgebrochen worden, verursachte dem Alten augenscheinlich eine boshafte Freude; doch war es ihm nicht ganz recht, als er hörte, daß an seiner Stelle der Halbmond jetzt aufgepflanzt steht. Sonderbar war es, daß keiner der Schiffer die Namen der Städte kannte, nach welchen der Alte sich erkundigte, und die nach seiner Versicherung zu seiner Zeit blühend gewesen; in gleicher Weise waren ihm die Namen fremd, die den heutigen Städten und Dörfern Griechenlands von den Seeleuten erteilt wurden. Der Greis schüttelte deshalb oft wehmütig das Haupt, und die Schiffer sahen sich verwundert an. Sie merkten, daß er alle Örtlichkeiten Griechenlands ganz genau kannte, und in der Tat er wußte die Buchten, die Erdzungen, die Vorsprünge der Berge, oft sogar den geringsten Hügel und die kleinsten Felsengruppen, so bestimmt und anschaulich zu beschreiben, daß seine Unkenntnis der gewöhnlichsten Ortsnamen die Schiffer in das größte Erstaunen setzte. So befrug er sie mit besonderen Interesse, ja mit einer gewissen Ängstlichkeit, nach einem alten Tempel, der, wie er versicherte, zu seiner Zeit der schönste in ganz Griechenland gewesen sei. Doch keiner der Zuhörer kannte den Namen, den er mit Zärtlichkeit aussprach, bis endlich, nachdem der Alte die Lage des Tempels wieder ganz genau geschildert hatte, ein junger Matrose nach der Beschreibung den Ort erkannte, wovon die Rede war.

Das Dorf, wo er geboren, sagte der junge Mensch, sei eben an jenem Orte gelegen, und als Knabe habe er auf dem beschriebenen Platze lange Zeit die Schweine seines Vaters gehütet. Auf jener Stelle, sagte er, fänden sich wirklich die Trümmer uralter Bauwerke, welche von untergegangener Pracht zeugten; nur hie und da ständen noch aufrecht einige große Marmorsäulen, entweder einzeln oder oben verbunden durch die Quadern eines Giebels, aus dessen Brüchen blühende Ranken von Geißblatt und roten Glockenblumen, wie Haarflechten, herabfielen. Andre Säulen, darunter manche von rosigem Marmor, lägen gebrochen auf dem Boden, und das Gras wuchere über die kostbaren Knäufe, die aus schön gemeißeltem Blätter- und Blumenwerk bestanden. Auch große Marmorplatten, viereckige Wand- oder dreieckige Dachstücke steckten dort halbversunken in der Erde, überragt von einem ungeheuer großen wilden Feigenbaum, der aus dem Schutte hervorgewachsen. Unter dem Schatten dieses Baumes, fuhr der Bursche fort, habe er oft ganze Stunden zugebracht, um die sonderbaren Figuren zu betrachten, die auf den großen Steinen in runder Bildhauerarbeit konterfeit waren, und allerlei Spiele und Kämpfe vorstellten, gar lieblich und lustig anzusehen, aber leider auch vielfach zerstört von der Witterung oder überwachsen von Moos und Efeu. Sein Vater, den er um die geheimnisvolle Bedeutung jener Säulen und Bildwerke befragte, sagte ihm einst, daß dieses die Trümmer eines alten Tempels wären, worin ehemals ein verruchter Heidengott gehaust, der nicht bloß die nackteste Liederlichkeit, sondern auch unnatürliche Laster und Blutschande getrieben; die blinden Heiden hätten aber dennoch, ihm zu Ehren, vor seinem Altar manchmal hundert Ochsen auf einmal geschlachtet; der ausgehöhlte Marmorblock, worin das Blut der Opfer geflossen, sei dort noch vorhanden, und es sei eben jener Steintrog, den er, sein Sohn, zuweilen dazu benutzte, mit dem darin gesammelten Regenwasser seine Schweine zu tränken, oder darin allerlei Abfall für ihre Atzung aufzubewahren.

So sprach der junge Mensch. Aber der Greis stieß jetzt einen Seufzer aus, der den ungeheuersten Schmerz verriet; gebrochen sank er nieder auf seinen Steinstuhl, bedeckte sein Gesicht mit beiden Händen und weinte wie ein Kind. Der große Vogel kreischte entsetzlich, spreizte weit aus seine ungeheuern Flügel, und bedrohte die Fremden mit Krallen und Schnabel. Die alte Ziege jedoch leckte ihres Herrn Hände, und meckerte traurig und wie besänftigend.

Ein unheimliches Mißbehagen ergriff die Schiffer bei diesem Anblick, sie verließen schleunig die Hütte, und waren froh, als sie das Geschluchze des Greises, das Gekreisch des Vogels und das Ziegengemecker nicht mehr vernahmen. Zurückgekehrt an Bord des Schiffes, erzählten sie dort ihr Abenteuer. Aber unter der Schiffsmannschaft befand sich ein russischer Gelehrter, Professor bei der philosophischen Fakultät der Universität zu Kasan, und dieser erklärte die Begebenheit für höchst wichtig; den Zeigefinger pfiffig an die Nase legend, versicherte er den Schiffern: Der Greis auf der Kanincheninsel sei unstreitig der alte Gott Jupiter, Sohn des Saturn und der Rhea, der ehemalige König der Götter. Der Vogel an seiner Seite sei augenscheinlich der Adler, der einst die fürchterlichen Blitze in seinen Krallen trug. Und die alte Ziege könne, aller Wahrscheinlichkeit nach, keine andre Person sein, als die Althea, die alte Amme, die den Gott bereits auf Kreta säugte und jetzt im Exil wieder mit ihrer Milch ernähre.«

So erzählte Niels Andersen, und ich gestehe, diese Mitteilung erfüllte meine Seele mit Wehmut. Schon die Aufschlüsse über das geheime Leid der Walfische erregte mein Mitgefühl. Arme große Bestie! Gegen das schnöde Rattengesindel, das sich bei dir eingenistet, und unaufhörlich an dir nagt, gibt es keine Hülfe, und du mußt es lebenslang mit dir schleppen; und rennst du auch verzweiflungsvoll vorn Nordpol zum Südpol und reibst dich an seinen Eiskanten – es hilft dir nichts, du wirst sie nicht los, die schnöden Ratten, und dabei fehlt dir der Trost der Religion! An jeder Größe auf dieser Erde nagen die heimlichen Ratten, und die Götter selbst müssen am Ende schmählich zugrunde gehen. So will es das eiserne Gesetz des Fatums, und selbst der Höchste der Unsterblichen muß demselben schmachvoll sein Haupt beugen. Er, den Homer besungen und Phidias abkonterfeit in Gold und Elfenbein; er, der nur mit den Augen zu zwinkern brauchte, um den Erdkreis zu erschüttern; er, der Liebhaber von Leda, Alkmene, Semele, Danae, Kallisto, Jo, Leto, Europa etc. – er muß am Ende am Nordpol sich hinter Eisbergen verstecken, und um sein elendes Leben zu fristen mit Kaninchenfellen handeln wie ein schäbiger Savoyarde!

Ich zweifle nicht, daß es Leute gibt, die sich schadenfroh an solchem Schauspiel laben. Diese Leute sind vielleicht die Nachkommen jener unglücklichen Ochsen, die als Hekatomben auf den Altären Jupiters geschlachtet wurden – Freut euch, gerächt ist das Blut eurer Vorfahren, jener armen Schlachtopfer des Aberglaubens! Uns aber, die wir von keinem Erbgroll befangen sind, uns erschüttert der Anblick gefallener Größe, und wir widmen ihr unser frömmigstes Mitleid. Diese Empfindsamkeit verhinderte uns vielleicht, unsrer Erzählung jenen kalten Ernst zu verleihen, der eine Zierde des Geschichtschreibers ist; nur einigermaßen vermochten wir uns jener Gravität zu befleißen, die man nur in Frankreich erlangen kann. Bescheidentlich empfehlen wir uns der Nachsicht des Lesers, für welchen wir immer die höchste Ehrfurcht bezeugten, und somit schließen wir hier die erste Abteilung unserer Geschichte der Götter im Exil.